IM ZUGRIFF AUF DAS LEBEN

LUDWIG PIEGER

⊕ tredition

© 2024 Ludwig Pieger

Korrektorat: Jasmin Kraft

Coverdesign: Jasmin Kraft

Quellennachweise: AdobeStock #882216373, #687911110, #987861009, #3492742, #874896434, #9945854715, #557248798

Satz & Layout von: Jasmin Kraft

ISBN E-Book: 978-3-384-40838-9

ISBN Softcover: 978-3-384-40837-2

Druck und Distribution im Auftrag des Autors:

tredition GmbH, Heinz-Beusen-Stieg 5, 22926 Ahrensburg, Germany

ÜBER DAS BUCH

Wir tasten uns der Via Ferrata des Lebens entlang. Die einen suchen nach dem Gipfelkreuz, die anderen die Absicherung, um einen Sturz zu vermeiden. Manchmal, aus Müdigkeit und Ratlosigkeit lassen wir uns fallen und geben uns bewusst der Hilflosigkeit hin, im kindlichen Vertrauen auf eine wie auch immer geartete Sicherheit.

Oft stehen wir enttäuscht wieder auf, aber dann im Wesentlichen geformt von dem Erlebten. Wir bauen Brücken, ohne sie zu überqueren und stehen davor in der Erwartung, dass uns jemand entgegenkommt.

Diese Gedichte erzählen von den Momenten des Zögerns, Fallens und Wiederaufstehens. Wichtig ist für das Leben ein auf Hoffnung ausgerichtetes Selbstbewusstsein. Dann können wir bestehen!

INHALT

Mit Dir in meinen Armen hab ich mein
Leben im Griff.

Enno Bunger

DER WEG

Du bist barfuß über einen Blumenteppich gelaufen.
Der milde Duft der Blüten,
das sanfte Kitzeln der Gräser an den Fußsohlen
war ein spielerisches Treiben.

Jetzt führt dich ein Trampelpfad in den Wald.
Neugierig, unheimlich, ohne Wegweiser,
nur der durchschimmernden Sonne entgegen.
Rechtzeitig, bevor der Mond übernimmt,
öffnet sich der grüne Vorhang.

Du stehst vor verschneiten Bergen.
Überlegt suchst du nach passenden Wegen
durch die Täler und Schluchten.
In endlosen Jahren, in einem Auf und Ab,
wird die Richtung immer unbestimmter.
Das Leben selbst wird zur Orientierung, –
die Hoffnung auf ein Schicksal zur Illusion.

Plötzlich bleibst du überrascht stehen:
ein Geräusch, ein Flüstern, ein Rauschen.
Auf dem Gipfel des nächsten Berges siehst du es:

»DAS MEER«

Noch einmal fängst du an zu kämpfen.
Dein Weg soll nicht in den Bergen enden.
Vor den Schaumkronen der gestrandeten Wellen
willst du am Ufer des Meeres einschlafen!

EPIMETHEUS

Ich bin der »Nie Erwähnte« und doch ein Auserwählter.
Mein Schicksal war determiniert:
Als Opfer ohne Alternative das Chaos einzuleiten,
den Beginn der Zerstörung anzustoßen
und hilflos dem eigenen Handeln zuzusehen.

Wer will schon die Ursache sein für die
Endschlacht mit den Göttern?
Doch mein Versagen war notwendig,
um die Menschen in ihrer Vielfalt zu retten.
Nur so lernten sie, auf grausame Weise,
sich gegen die Macht der Unterdrückung zu wehren.

Die Mächtigen hatten ihre Schönheit mit
»göttlicher Hand« geschaffen.
Wie sollte ich widerstehen?
Ihr Atem legte sich über meine Angst,
ihr Körper nahm mich in sich auf.
Wir öffneten gemeinsam den Krug.

Bruder, deine Warnungen waren Schwingungen,
denen ich auswich,
die mich in den Momenten ihrer Berührung
nicht mehr erreichten.

Ich war das auserwählte Opfer.
Der Ruf des »Nachher Denkenden« ist eine
ungerechte Verleumdung.
Mein Handeln war keine Verblendung,
denn ich konnte mich der Macht der Götter nicht erwehren.

Sie wurde in eigener Unschuld von den Göttern missbraucht.
Hephaistos zeichnete danach Narben in ihr Gesicht.
Doch mit unserer Liebe entkamen wir der Vernichtung,
denn nicht die Schönheit entscheidet, wen wir lieben,
sondern die Liebe entscheidet, wen wir schön finden.

Bruder, ich pflegte dich,
nachdem der Pfeil den Adler tödlich getroffen hatte.
Als du ihrer ansichtig wurdest, hast du mich verstanden,
mich getröstet und mir Gerechtigkeit widerfahren lassen.
Meine Tochter und dein Sohn holten nach dem großen Regen
die Menschen zurück auf diese Erde,
gegen den Willen der Götter.

Wir Titanen beschützen die Menschen;
die Götter verkümmern auf dem Olymp!

IN DER GEGENWART

Der Granitfelsen flirrt unter der Wucht der glänzenden Sonne,
Die Wand ist voller kleiner, bunter Punkte.
Zeitlupenartig schieben sich die Freeclimber
dem Gipfel entgegen.

Venus und die Zeit, eine traurige Erklärung für den Verlust.
Ich schreibe; ein Liebesbrief entsteht,
der dich niemals erreichen wird.
Später werde ich dir davon erzählen,
Tiepolo ist mein Zeuge.

Die neue Gitarre entspricht dem Wunsch des Meisters:
zwei zusätzliche Basssaiten,
nur er vermag auf ihr zu spielen.
Die Perfektion tötet die Liebe,
das Streben danach ist Gift für das Leben.
Zuerst zertrümmert er mit dem Instrument seinen Traum,
dann die Inneneinrichtung seines Wohnzimmers.

Die Nordwestpassage macht aus ihm einen Suchenden,
Papillon findet in ihm den Abenteurer.
Durch »Garp und wie er die Welt sah«
spürt er die Liebe zum Leben und zu den Menschen.
Der Zeitläufer verlässt die Gegenwart,
die Zukunft wird neu definiert,
die Perspektive entsprechend geordnet und eingerichtet.
Die Substitution hat sich verselbständigt
und zur Macht entwickelt, Ratlosigkeit schwankt zwischen
Bewunderung, Bequemlichkeit und Angst.

Neue Wesenszüge formen einen Charakter,
Erwartungen, Hoffnung, Ehrgeiz, Konkurrenz,
Sieg oder Niederlage werden für die Lebenszeit bedeutungslos.
Auf der anderen Seite des Mondes finden wir –
hoffentlich – eine noch unbekannte Sonne.
Wir gehen nicht nach Hause, sondern verlassen das Schicksal
und werden in eine neue Zeit geführt.

VERKANNT

Ich träumte,
hinter mir der Chor, vor mir das Publikum,
zu meinen Füßen das Orchester.
Meine Stimme, mein Tenor,
vollendet im Spiel mit der Melodie.
Es war euphorisch, die Oktaven zu bewältigen,
an ihnen entlangzugleiten,
neben einem glockenreinen Sopran, auch den mächtigen Bass
dem Auditorium anzubieten;
aber der Tenor führte.
Der Beifall war ein Orkan aus Begeisterung und Anerkennung,
aber ich kannte die Handlung nicht.
Ich war nur ein Moment ohne Einbindung,
nahezu überflüssig!
Das Publikum wollte mein Bleiben und Singen,
doch der Chor drohte mir mit einem Abwurf
in den Orchestergraben.
Der Chor sang mit mir im Wettstreit.

Das Orchester schwieg,
es konnte nicht beide Melodien zugleich spielen.
Der Streit eskalierte,
bis mich der Regisseur von der Bühne holte
und mir die Stimme raubte.
Der Traum war zu Ende.

GEMEINSAM

Der Anfangsschwung verebbt.
Der Korridor hat zu viele Türen,
der Weg zu viele Nebenstraßen.
Das Tal entpuppt sich als Schlucht.
Wir flüchten über den Ho-Chi-Minh-Pfad.
Die Fußsohlen schmerzen,
deine tröstende Nähe lindert.
Ich greife Hilfe suchend nach deiner Hand.
Unsere beiden Hände werden zu einer Faust.
Das Ziel ist die ewige Prachtstraße,
voller verführerischer Hindernisse.

Dort angekommen, löste sich die Faust.
Wir suchten und fanden andere Hände.
In dem unbeschwerten Paradies des Überflusses,
in der Dekadenz der Sorglosigkeit,
hätten wir uns beinahe verloren.

Plötzlich stehen wir wieder vor einem Trampelpfad, den wir nur mit Mühe gemeinsam erreicht haben. Es ist die Not, die uns verbindet und die Illusion, dass es mehr ist.

Die Ohren meiner Feinde hören mich,
die Augen meiner Feinde beobachten mich,
die Hände meiner Feinde berühren mich,
die Stimmen meiner Feinde verwirren mich,
die Worte meiner Feinde klagen mich an,
die Macht meiner Feinde ist grenzenlos.
Sie haben zugesehen, zugehört, beobachtet,
sie haben versucht, mich zu leiten,
sie haben mir immer wieder ihre Regeln erklärt.
Vergeblich!
Am Ende haben sie Klage erhoben
und mit ihrer Macht die Strafe bestimmt.

Spüre ich, wie mich eine Macht bedrängt,
wehre ich mich, auch gegen die Vernunft,
verliere den Überblick und stürze ab.
Der Bodensatz erkämpft den Aufstieg als Lohn für Anpassung,
Glück und Akzeptanz der Macht.

Vorsicht!
Auch wer die Macht akzeptiert,
aber für andere Wege plädiert,
wird scheitern!

Die Macht verlangt von ihren Unterstützern uniformes Handeln.
Die herrliche Unvernunft der Freiheit
werden wir verlieren.
Die Berechtigung zur Existenz ist das Credo.
Die Macht schafft, regiert und schützt die Blase.
Wir werden das bedingungslose Miteinander lernen müssen.

MANCHMAL-ALLTAG

Manchmal falle ich, rausche durch die Mitte einer Neonröhre,
dem Fußpunkt immer näher.
Selbst deine Hände sind zu schwach,
deine Stimme ist zu leise,
deine Worte bleiben unverständlich.

Nicht ich bezwinge die Angst,
der Schlaf rettet mich
und lässt mich ungehindert
ohne Aufprall durch den Nadir gleiten,
einem neuen Zenit entgegen.

———

Manchmal bestimmt der dunkle Drang mein Handeln,
formuliert sich und wird zum Vorwurf.
Du nimmst meinen Kopf zwischen deine Hände,
zerreißt den dichten Vorhang der hässlichen Worte
und ebnest mir den Rückweg.

Mit all unserem Wissen
sind wir trotzdem oftmals hilflos.
Was wir in uns selbst finden,
definiert uns stärker als der Verstand.
Schwer fällt das Zurückweichen.
Begleitest du mich weiter?
Hältst du durch?

———

Manchmal, die Vergangenheit vor Augen,
bin ich zuinnerst ratlos und es schmerzt.

– Hör auf mit dem Lamentieren –

Es ist kein Selbstmitleid, es ist die Sorge,
untätig den Unverstand mitzuverfolgen.

– Hau auf den Tisch, rüttele an ihrem Selbstverständnis –

Und dann? Ich verliere den letzten Ansatz,
den einzig verbliebenen Zugang.

Beispiele:
Die Schokolade als Brotaufstrich
in Schokotafeln verwandelt,
als die Schule Palmöl verteufelte.
Er war stolz auf seine Kraft zur Veränderung.
Aber nach nur zwei Monaten …
Wir sind Omnivore, aber wir waren Herbivore.
Es war kein Brokkoli, aber Puderzuckerwaffeln,
es war kein Haferbrei, aber süße Frühstücksflocken,
es war kein Süßgetränk, aber klares Sprudelwasser.
Und als das Band rissig wurde,
kam rotes Fleisch auf den Teller
und Alkohol in das Glas.

Die Empfindungen, an denen unser Herz hängt,
müssen wir beschützen.
Der Verlust ist das Drama, nicht die unendliche Suche.
Der natürliche Ursprung
– weder Ei noch Henne –
ist voller unschuldiger Neugierde.

Eine Mauer aus vollen Gläsern, Animation und Forderungen
versperrt mir den erneuten Zugang.
Ich bin machtlos.
Es brennt mir die Seele aus.
   Ohnmacht!

———

Manchmal sehen wir aneinander vorbei.
Es ist kein Streit, nur leuchten die Farben nicht.
Mit unseren eigenen Normen interpretieren wir den anderen,
und wir verlieren uns dabei aus den Augen,
stolpern und sehnen uns doch nur nach
Harmonie, Zuneigung, Verstehen, Einklang.
Wir vernichten das Paradies aus Eitelkeit.
   Pyrrhussiege!

———

Manchmal suche ich im Supermarkt nach der heilen Welt.
Die Konsumenten sind dem Diktat der Gänge unterworfen,
leise Musik taktet den Schritt.
Die Werbung hat fröhliche Stimmen zum Angebot geschaltet.
Die strahlenden Deckenleuchten ersetzen das Sonnenlicht.
Die Routine des Personals, geschulte Freundlichkeit,
ist angenehm, wirkt ehrlich.
Meine Einkaufsliste ist kürzer!
Ich warte bei den Bücherregalen auf dich.
Die Remittenden werden verbilligt angeboten.

In diesen Büchern finde ich mich wieder.
Ein Sonderangebot auf dem Wühltisch der Exoten,
bewältigt trotzdem das Leben und hat dich gefunden.

———

Manchmal ärgert es mich,
wie unbedeutend für dich die Vergangenheit ist,
wie dir die Vergangenheit entgleitet,
wie du die Vergangenheit zurücklässt.
Du lebst in der Gegenwart.
Aber du vergisst nicht nur die Freude,
sondern auch die Enttäuschungen.

———

Manchmal, mitten in der Nacht,
verdeckt die Sonne den Mond.
Die Sterne vereinigen sich zu einer Pangäa,
der leuchtende Urkontinent des Universums.

Der Mensch ist ein überflüssiges Zufallsprodukt
mit einer unendlichen Zerstörungswut.
Wir können uns nicht mehr ertragen,
wir verbrennen im Schatten.
Trotzdem sind wir noch nicht müde von unserem Versagen.
Es ist die tatenlose Hilflosigkeit vor dem Notwendigen,
der wir im Schlaf entfliehen.
Und mit einer Depression wachen wir wieder auf,
greifen nach dem Handy
und vereinbaren einen Termin mit dem Psychiater.

AN DER BUSHALTESTELLE HABE ICH MEINE WÜRDE VERLOREN

Gleichgültig wo und wann,
an jeder Haltestelle
stand ich am Ende einer endlosen Menschenschlange.
Ich fragte höflich, ich bat vergeblich,
niemand trat zur Seite.
Ich stöhnte, schwitzte, klagte,
aber nur wenige machten mir Platz.
Ich drohte, schrie und schimpfte.
Aufkeimende Angst verschaffte mir Raum
für einen kleinen Schritt.
Ich bestach, steckte Geld in ihre Taschen
und plötzlich stand ich
unmittelbar hinter dem Ersten.

Eine traurige, mutlose Gestalt antwortete
auf meine fragenden Augen
und mein hoffnungsvolles Lächeln.
»Der Bus kommt alle 30 Minuten,
aber er ist vollständig überfüllt.
Die Türen öffnen sich, und Menschen fallen auf die Straße.
Sofort schließen sich wieder die Türen.
Der Bus fährt weiter.
Die ausgespuckten Menschen laufen schreiend hinterher.

Das alles dauert einen Wimpernschlag.
Eine Haltestelle ist kein Ort für neue Fahrgäste.«

»Und wo sind diese Menschen eingestiegen?«

»Wenn der Bus vor einer roten Ampel steht,
im Stau anhält oder der Busfahrer eine Pinkelpause einlegt,
stürmen die Menschen den Bus, reißen die Türen auf
und drängeln, drücken und quetschen sich
in die letzten freien Räume.«

»Und warum warten Sie noch hier?«

»Ich bin der Erste in der Warteschlange.
Das ist eine Verpflichtung und Verantwortung.
Wenn der Erste dem Zweifel nachgibt,
zerstört er die Hoffnung der Wartenden.
Außerdem, vielleicht beim nächsten Bus …«

Der Weg zur Weisheit über die Erfahrung
ist der bitterste.

Das Befolgen von Konventionen
führt die Hoffnung zunehmend in die Stagnation,
denn immer weniger halten sich noch daran.
Ich tröstete den Ersten und verließ die Bushaltestelle.

Ich schlendere wieder die Straße entlang,
von Bushaltestelle zu Bushaltestelle,
und suche nach einem pinkelnden Busfahrer.

RELIGION

Die Kirche verwandelte sich in eine Ruine,
Ziegelsteine fielen zur Erde,
(Glaube, Liebe, Hoffnung),
zerlegten den monströsen Bau in ein Trümmerfeld.

Aus dem Schuttberg ragen die Balken eines Kreuzes hervor.
Die Vögel benützen die seitlichen Streben
zum Nestbau, zur Rast, um die Sonne zu verehren.
Die Kinder sitzen um das Kreuz, mit dem Rücken angelehnt,
das Smartphone in der Hand.
Die Hunde heben ein Bein
und suchen zwischen den eingefallenen Mauern
nach den Spuren ihrer Artgenossen.

Ein Ort des Friedens für alle.

OHNE AUSWEG

Er hatte in Garmisch alles auf Rot gesetzt,
aber die Kugel suchte sich eine schwarze Zahl.
Schwarz war die Nacht vor der Tür des Casinos.
Er setzte sich in das Auto und fuhr ziellos umher.
Am Ufer des Starnberger Sees überlegte er:
Sprung in das Wasser
Seil über den Türstock
Seine Entscheidung steht noch aus.

Sie hatte sich für ihn entschieden
und die Liebe gespürt.
Er hatte ihre Lebensfreude als Stärke interpretiert
und sich nicht als Ursache dafür gesehen.
Ein Missverständnis ohne Happy End.
Er wollte ihre Enttäuschung nicht auffangen.
Für sie ist die Liebe kein Ziel mehr.

WERTVERLUST

Die Vorwürfe sind berechtigt.
Die Treffer sind gezielte Aktionen,
aus freundlicher Distanz und gespielter Spontanität.

Der »verständnisvolle« Hinweis auf Scherben
ist ein berechnender Angriff.
Er beschädigt uns alle!

Wir laufen im Kreis auf unserer vergeblichen Suche
nach Nähe und Akzeptanz.
Wir verlieren das Gefühl für die Treue.

Nur wer sich als notwendig erweist,
findet noch Zugang und Einlass.
Aber diese Phasen sind selten von Dauer.

Manchmal trifft der Wandel,
bei aller stolpernder Zuneigung, das Herz.
Derzeit finden wir nicht mehr
aufrichtig in Einklang.

STREIT

Ein Wortgewitter, ungeprüft,
vorbei an meinem Verstand,
schneller als die Gedanken.
Ohne Respekt, auf die Antwort,
deine Erklärung zu warten.
Ein verbaler Vulkan, der zerstört.

Auf der Flucht vor meinen Fehlern
habe ich bewusst die Wahrheit geschleift.
Es war berechnend!
Die Überraschung über meinen Hinterhalt,
der Schmerz, die Wut, die Enttäuschung
stehen jetzt unverrückbar zwischen uns.

TRENNUNG

Als die Vase zu Boden fiel,
sammelten sie gemeinsam die Scherben ein,
legten sie auf den Tisch und waren seltsam zufrieden.
Sie hatten ihre Gemeinschaft zerbrochen
und sich voneinander befreit.
Es war ihre Idee, einen Versuch zu wagen,
bevor sie sich aus den Augen verlieren würden.
Sie klebten die Scherben wieder zusammen
bis die Vase der Gemeinsamkeit erkennbar wurde,
in anderer Form, gemischten Farben, neuer Funktion.
Sie erfanden sich neu.

Wir leben jetzt an getrennten Orten
und empfinden kein Defizit.
Wir brauchen uns nicht mehr und nennen uns Freunde.
Alles nur Worte, denn ich vergesse dich.
Die Pausen zwischen unseren Anrufen werden immer länger.
Auch du hast mich überwunden.
Die Freundschaft läuft so dahin.

14

KAIROS

Der Körper wird getrieben,
Fingerspitzen berühren den geschmeidigen Nebel.
Es riecht nach Zimt,
der auf meiner Zunge schmilzt.
Die Gesichter, unbestimmt fließend,
nur Augen und Lippen,
wortlos in der Erschöpfung,
Freude über die gemeinsame Wärme.
Gefährliche Scherben,
die ich ohne Verletzungen gesammelt habe,
verlassen, ratlos, ziellos, einsam, egoistisch.

Wanderungen, nur um loszulassen,
gespielter Überdruss, ständige Rechtfertigung des Handelns,
überraschende Erfahrungen,
fernab vom eigenen Ich.
Nichts gefunden,
außer dem unverdienten Glück der Unverwundbarkeit.
Seltsame Abenteuer,
die ich ohne Narben überstanden habe,
verlassen, ratlos, ziellos, einsam, egoistisch.

Den Regeln folgen, tief durchatmen,
Tage im Gleichlauf!
Begründung:
Die Zeit für gefordertes Handeln ist nicht verloren.
Dankbar im anderen Ich
und Sammeln der ewigen Augenblicke.
Der Schopf des Kairos,
endlich fest in meiner Hand,
ungläubig, hoffnungsvoll, erleichtert, entspannt.

Gleichgültig, wie ich die Einzelteile meines Lebens zusammenfüge,
es entsteht immer dein Name.

LIEBE – EINE RECHERCHE

Zuerst mit Goethe:
Sein ›Wunderlichstes Buch der Bücher‹ ist eine Warnung.
Danach mit Erich Fried:
Vernunft, Stolz, Erfahrung bleiben ratlos zurück.
Finale mit Ulla Hahn:
Schnee und Feuer und dennoch, eine Liebe,
die »währt« bis zum Tode.

Die Liebe selbst erklärt sich nicht.
Wann und warum kommt sie,
weshalb und für wen bleibt sie?
Ist es überraschend oder logisch,
wenn sie wieder geht?
Wer sucht und wartet vergeblich auf sie?
Wem erfüllt sie den Sinn des Lebens?
Mit unheimlicher Kraft zerstört sie!
Ist Shakespeares Blume des Vergessens
der Sommernachtstraum der Liebe?

Der Genetiker entschlüsselt den DNA-Strang
und findet sie nicht.
Der Hirnforscher sucht nach ihr im funktionellen MRT
und findet nur die Konsequenzen.
Der Psychologe liebt romantische Theorien
und begründet eine evolutionäre Notwendigkeit.
Doch wenn uns das Bewusstsein auf dieser Welt begrüßt,
haben wir nur die Sexualität und die Rivalität im Gepäck.

Die Liebe ist ein Zufall,
ein Cocktail gesellschaftlicher Werte,
ein Spitzenprodukt unserer Kultur.

16

LA CENERENTOLA

Der Prinz, verkleidet als Diener,
verliebt sich in das Hausmädchen.
Der Diener erstrahlt als Prinz, nimmt sich des Hausherren an.
Die schnippischen Schwestern schimpfen
in den schönsten Koloraturen
auf die Stiefschwester,
auf den angeblichen Diener,
auf den Vater,
auf den Bettler.
Bei dieser Verwirrung der Gefühle und Personen
bedarf es eines Zauberers!
Wenn das Gute doch häufiger so perlend siegen dürfte.

AN MEINEN BRUDER

Der Tag ist voller Leben, und doch …
Bei der letzten Lokalrunde nach dem Training
fällt mir das leere Glas aus der Hand.
Während der Autofahrt über eine Brücke
oder am Ende einer Theatervorstellung –
plötzlich fließt die Angst durch meinen Körper.
Der Herzschlag alarmiert,
dazu noch leichter Schwindel und ein Schweißausbruch,
der Kälte zum Trotz.
Bevor sich mein Körper in feuchte Watte verwandelt
und sich im Schatten versteckt,
flüchte ich!
Allein im Zimmer schließe ich die Augen und höre dir zu.

Die Fußgängerzone ist sonnenüberflutet,
kaufsüchtige Menschen –
verspüren die Lebensqualität des Konsums.
Bei entspannter Atmosphäre füllen sich die Straßencafés.
Ich stehe erschrocken vor dem Straßenmusikanten.
Ein gepflegter Mann unbestimmten Alters.
An der Gitarre fehlen die A- und die D-Saite.
Die unvollständigen Akkorde und die raue Stimme
hallen über den großen Platz.

Es sind verzerrte Harmonien,
die nach einer gemeinsamen Melodie suchen.
Als er meinen Blick aufnimmt, unterbricht er seinen Vortrag.

Bruder, es gibt kein dickes Blut!
Die Heirat war ein Fehler, ein unabsichtliches Opfer.
Sie garantierte dir deine Freiheit.
Ich habe den Preis dafür bezahlt.
Harmonien sind in meinem Leben nur noch Zufälle.
Du hättest mir die fehlenden Saiten ersetzen können,
als der Fehler explodierte.
Du bist jede einzelne Saite, die fehlte.
Aber wir sind beide Egomanen.

Auch du hast mich allein gelassen.
Ich denke an die Tage, die mich aufgezehrt haben,
ratlos mit einer Hilfe konfrontiert,
mit der niemand umgehen konnte,
voller Wut über deine Untätigkeit.
Ich war endlos enttäuscht und wütend.
Bruder, es gibt kein dickes Blut!

Ist es sinnvoll, das Selbstmitleid gewähren zu lassen?
Nachgrübeln über eine unabänderliche Vergangenheit.
Ich kann mich nicht dagegen wehren.

Ankläger und Verteidiger
Vorwurf und Verständnis
Urteil und Entschuldigung

Viel zu spät spüre ich das dicke Blut zwischen uns,
das gemeinsame!

18
KRIEG – 2022

Die Hitze des Raketenfeuers,
der schwebende Rauch der Zerstörung,
der Anblick der gefesselten Leichen,
und das Wort explodiert im Entsetzen zu einem Schrei.

Für diese Bilder gibt es keine Worte.
Beschreibungen sind banal,
sie reduzieren das Inferno zu einer Bagatelle.
Es sind die Bilder, die sich durch unsere Illusionen fräsen,
in den Verstand und in das Herz eingraben.

Jede Freude des Alltags
verwandelt diese Bilder in ein schlechtes Gewissen.
Die Zufriedenheit verliert ihre Unschuld.
Hilflose Helfer erleben das zufällige Glück der Distanz.
Die Zukunft bekommt blutige Risse,
die Perspektive verliert ihre Handlungsanleitung.
Ratlose Beschützer umkreisen den plötzlich unsicheren Hort.

Die dunkle Seite des Anthropozän erlebt
ihren nächsten Höhepunkt.
Mit Worten suchen wir nach Hoffnung,
aber die Bilder zeigen uns die Wirklichkeit!

DYSTOPIE

Ein Virus lebt mit seinem Wirt,
passt sich ihm an,
hält ihn am Leben.
Die Harmonie zwischen Gegnern
in ständiger Veränderung.

Ein Parasit zerstört seinen Wirt,
betreibt seine Vernichtung
und verliert am Ende
den eigenen Lebensraum.

Das Virus wird zum Parasiten,
eine Metamorphose des Bösen.

Wir wissen um die falsche Entwicklung.
Doch die einfache Kehrtwende,
der Schritt zurück
und der zweite Schritt in die richtige Richtung
sind den Parasiten nicht möglich.

Die Natur wird die acht Milliarden Parasiten vernichten!

20

ALBTRAUM

Das Tier sucht nach
Wasser, Gras, Fleisch, Früchten, Insekten, Blättern.
Es findet harten, zerrissenen Boden,
ausgeblichene Steine in allen Größen,
Bäume ohne Blätter mit zerbrochenen Zweigen,
ein ausgetrocknetes Flussbett.
Die Sonne verbrennt die Erde in flirrender Luft.

Das Tier entdeckt eine leere Höhle.
Die brennenden und tränenden Augen
erholen sich in der Dunkelheit.
Entspannt fällt es in den endlosen Schlaf,
dankbar, dass das Leben endlich Abschied nimmt.

21

NEUE WELT

In welche Richtung und auf welchem Weg
entwickelt sich die Zukunft?
Nach der Enttäuschung über die Gegenwart
und dem Verlust der Illusionen
haben wir keinen gemeinsamen Plan mehr.
Noch zu Anfang waren es die Wege der Nachahmung,
des Erlernten, des Vorgegebenen.
Erst später, in der Erfolglosigkeit,
verlässt man sich auf seine Intuition.
Im Augenblick ist es eine ziellose Flucht.
Wir fühlen uns überfordert.
Und plötzlich befinden wir uns an einem Ort,
planlos, überrascht und nur geduldet,
an den uns der Zufall geführt hat.

An diesem Ort werden wir in einen Zug steigen – müssen –
und fahren auf Gleisen,
deren Streckenführung wir nicht mehr bestimmen können.

22

DIALOG

»Ich habe Freude an diesem Leben«,
behauptet der Greis.
Der Enkel sieht ihn fragend an.
»Jeder weitere Tag führt mich in die Zukunft.
Er ist ein Gewinn auf dem Weg zur Unendlichkeit.«

»Aber die Schmerzen des Körpers,
die zermürbende Vergangenheit,
die Zweifel über die Gegenwart!«

»Das zufällige Leben hat kein Recht dazu, sich zu beklagen.
In dem Bewusstsein meiner Existenz
akzeptiere ich die eigene Verantwortung.«

»Du lebst auf keiner Insel«,
wehrt sich der Enkel genervt,
»es gibt viele Widerstände.
Die Freiräume für die Individualität
sind genau zugewiesen.«

»Ich weiß, auch meine intimsten Momente
sind digitale Erinnerungen,
finden sich tausendfach auf der Welt wieder.
Wir überleben nur durch die Gemeinschaft.
Also wehre dich nicht!
Es gibt hoffentlich auch glückliche Ameisen.«

23

SPAZIERGANG

Wenn die Lebensfreude durchatmen will,
schlendern wir durch die Stadt
oder bewundern die Natur.

―――――

Die Straßen unserer Stadt
erwarten uns mit ihren bekannten Fassaden,
und trotzdem sind es immer neue Bilder,
die uns begleiten.
Es sind die Menschen, denen wir begegnen,
die an uns vorbeilaufen,
interessante Gesichter, verschiedene Stimmungen.
Wir sind voller Fragen:
Warum strahlst du so viel Freude aus?
Weshalb beugen sich deine Schultern?
Wieso läufst du blicklos an uns vorbei?
Welche Schuld macht dich rastlos?
Wir erzählen uns Geschichten über diese Gesichter.
Wir erfahren nie, ob wir die Wahrheit berühren.

Die Auslagen der Geschäfte sind neu dekoriert.
Wir bewundern die Entwicklung der Technik,
die Größe der flachen Fernsehbildschirme,
die endlosen Funktionsmöglichkeiten eines Smartphones
und stehen fragend vor einer PS5.
Modegeschäfte verlangen von mir Diplomatie.
Für die langen Röcke bist du zu klein,
die italienischen Hosenanzüge gibt es nicht in Größe 42,
Handtaschen, Pullover, Schuhe –
alles wird kommentiert und kritisch bewertet.
Es folgt die Parfümerie, danach der Buchhändler,
das Schuhgeschäft und die Drogerie.
Erst dann protestiere ich energisch.
Espresso, Rückweg, abgekürzt!

———

Die Schönheit des Waldes hat sich verändert:
fragil, zerbrechlich, blass.
Die Narben der Zerstörung werden von
Blumenwiesen und Farnkraut, Sträuchern,
hellgrünen Trieben und jungen Bäumen überwuchert.
Darunter vermodern die gefallenen Riesen.
Entlaubte Gerippe berühren drohend die Wolken,
Vorboten einer möglichen Apokalypse.
Dazwischen der trockene Boden ohne Moos,
staubig, übersät mit ausgewaschenen Steinen.
Diese Areale sind noch begrenzt.

Die Kraft des Waldes ist nicht zerstört.
Noch immer können wir das Flüstern, den Gesang der Blätter hören.
Eine vielstimmige Fuge in allen Variationen,
mit dem Wind als Kapellmeister,
von der Natur komponiert.

Ameisenhügel entdecken wir nur selten,
Bienenstöcke verstecken sich in den Gärten der Bauernhöfe.
Die Stimmen der Vögel musst du mir beschreiben.
Das Alter hat mir die hohen Töne gestohlen.
Die Sonne treibt das Harz aus dem Holz
und gibt dem Wald sein Aroma.
Wir spüren die Kommunikation der Wurzeln,
die sich unter einem weichen Teppich
aus Nadeln und toten Blättern,
begleitet vom Chorgesang der lebenden Blätter,
unserem Verständnis entzieht.

Und plötzlich betreten wir wieder vernarbten Boden.
Der Wald zersplittert,
die Scherben haben sich ausgedehnt.
Das Nebeneinander, der Wechsel während des Weges,
gibt das Herz nicht zum Fliegen frei.
Der Ausflug endet im Café.
Espresso, Rückweg, ratlos!

24

ARISTOKRATEN

Feuchter Morgennebel verschleiert den See.
Wir stehen am Ufer
und bewundern ein Märchen.

Aufgehende Sonne im Spiegel des ruhenden Wassers,
dezentes Himmelsblau mit anschmiegsamen Wolken,
sanftes Gleiten eines weichen Windes.

Wir hören das schlagende Schnappen der Flügel
und sehen die Schwäne im Wasser landen
als plötzlich erstarrte Geschöpfe,
die vorsichtig das Wasser zerteilen.

SCHWANKENDE GESTALTEN

Wenn dir das Alter wohlgesinnt ist,
hält es deine Gedanken wach.
Die Tage stapeln sich endlos,
die Nacht wartet auf den Morgen,
das Tageslicht auf den aufgehenden Mond.
Wir sind süchtig nach dem nächsten Tag.

Doch manchmal stockt das Leben,
verharrt, wartet, atmet durch.
Und plötzlich, erschrocken und quälend,
bedrängen vergessene Momente die angeblich geläuterte Seele.
Das ist der Augenblick, in dem die Gegenwart
die Fehler der Vergangenheit zurückholt.
Bilder, deutlich und präsent,
von Gesichtern, jung und alt,
im Schmerz, in der Verzweiflung,
suchen fordernd nach einer Antwort.
Der Verlust, das Versagen,
das Unwiederbringliche,
das Verstehen und die Erkenntnis
machen alles nur noch schlimmer.
Ich habe keine Rechtfertigung.
Tränen laufen in ausgetrocknete Augen.

Doch manchmal stockt das Leben,
verharrt, wartet, atmet durch.
Und plötzlich verschließen sich alte Wunden.
Die Sehnsucht ergreift das Ruder
und bestimmt die Richtung
zu den goldenen Stunden, Tagen, Jahren
voll richtiger Entscheidungen
und menschlichem Handeln.
Vasen zerbrechen in Scherben des Glücks.
Ein befreites Lächeln ruft den Schlaf.

Die Fluchtwege aus den Erinnerungen
werden kürzer und kürzer,
die Gegenwehr immer schwächer,
bis man daran zerbricht
oder im Vergessen aufgefangen wird.
Der »Gute Mensch« ist eine Illusion.

26

DIE LETZTE STUFE

Führen die Stufen nach oben oder nach unten?
Gibt es ein Ziel oder sind sie endlos?
Ich stehe vor einer Treppe,
plötzlich unsicher, am Ende meiner Zeit.

Ich will mit Würde auf der letzten Stufe stehen.

Die Stützen für die letzten Stufen sind:
Religion, Schmerzmittel, Psychiater, Alkohol,
Kinder, Freunde und der Verstand.
Doch die Wissenschaft macht die Religion obsolet,
Schmerzmittel führen in die Demenz,
der Psychiater praktiziert nur noch Verhaltenstherapie,
und der Alkohol zerstört die bewussten Momente vollständig.
Die Kinder tragen, wenn sie dazu bereit sind,
Freunde schenken positive Augenblicke.
Es bleibt der Verstand, die Vernunft, die Akzeptanz
und das Eingeständnis des Zufalls.

Ich will mit Würde auf der letzten Stufe stehen.

Das Ende eines Zufalls ist keine Tragödie.
Es verdient Dankbarkeit
für die gelebte Vergangenheit,
für das Wunder der bewussten Existenz.
Wenn im Handeln das Gute überwiegt,
atme tief durch.
Wenn nicht nur der eigene Wert die Maxime ist,
entspanne dich.
Wenn du Vertrauen nicht nur zu deinem Vorteil ausnutzt,
betrachte dein Gesicht im Spiegel.
Wenn dir die Liebe gelingt,
sind die Opfer nicht umsonst.

Ich will mit Würde auf der letzten Stufe stehen.

27

ZUKUNFT

Die Zukunft hat keine Wurzeln mehr,
die sie tragen,
die sie formen,
die sie erklären.

Die Zukunft entsteht in der Gegenwart,
überraschend und erschreckend neu,
losgelöst und fordernd.

Die Zukunft schafft neue Werte.
»Wer war ich?« wird zu:
»Wie braucht man mich?«
»Was will ich?« wird zu:
»Wie muss ich sein?«

Die Zukunft löst unsere Probleme
mit den Mitteln ihrer Entstehung,
neu und anders!

MACHTLOS

Machtlos fällst du in das Leben,
hungrig schreiend, grelles Licht.

Machtlos wächst in dir das Leben,
sichern Hände deinen Weg.

Machtlos spürst du Wunsch und Sehnsucht,
Bilder hinter blinden Augen.

Machtlos findest du die Liebe,
aufgeteilt in Glück und Schmerz.

Machtlos wird aus Zukunft Gestern,
späte Einsicht deiner Fehler.

Machtlos mahnen deine Worte,
– Wind zu Wolken – die niemand hört.

Machtlos wirst du zum Betrachter.
Verwundert von der Gegenwart fällt Lebensstaub auf deine Augen,
konturenlose Bilder, trüb und fließend.

Machtlos fällst du aus dem Leben.

Zeitfracht Medien GmbH
Ferdinand-Jühlke-Straße 7
99095 Erfurt, Deutschland
produktsicherheit@kolibri360.de